A **R**ookie reader® español

Muchas veces yo

Escrito por Barbara J. Neasi
Ilustrado por Ana Ochoa

ᑕᑭ
Children's Press®
Una división de Scholastic Inc.
Nueva York Toronto Londres Auckland Sydney
Ciudad de México Nueva Delhi Hong Kong
Danbury, Connecticut

Para Alexis, Dalton y Jordin, unos verdaderos Imagination Kids
—B.J.N.

Para Santiago, Patricio y Anita
—A.O.

Especialistas de la lectura

Linda Cornwell
Especialista en alfabetización

Katharine A. Kane
Especialista en educación
(Jubilada de la Oficina de Educación del Condado de San Diego,
California, y de la Universidad Estatal de San Diego)

Traductora
Isabel Mendoza

Información de Publicación de la Biblioteca del Congreso de los EE.UU.

Neasi, Barbara J.
  [So many me's. Spanish]
  Muchas veces yo / escrito por Barbara J. Neasi ; ilustrado por Ana
Ochoa.
    p. cm. — (Rookie español)
Resumen: Una niña se da cuenta de la variedad de papeles que juega en su familia
y en su comunidad: hija, nieta, hermana, prima, alumna, paciente y amiga.
  ISBN 0-516-25894-X (lib. bdg.)   0-516-24621-6 (pbk.)
  [1. Identidad—Ficción.] I. Ochoa, Ana, il. II. Título. III. Series.
PZ73.N35 2003

                              2003000020

¡Aquí estoy yo!

4

¿Cuántas *yo* puedes ver?

Mamá me arropa por las noches.
Yo soy su hija.

Mi abuelo me empuja cuando
voy en la carretilla.
Yo soy su nietecita.

Al pequeño Guillermo
le doy su biberón.
Yo soy su hermana mayor.

Caty hace mis trenzas
cuando voy a la escuela.
Yo soy su hermana menor.

En el verano voy a acampar
con Juana y José.
Yo soy su prima.

La señora Blanco
enseña en mi clase.
Yo soy su estudiante.

Jane vive en la casa de al lado.
Yo soy su vecina.

Miguel y yo jugamos en el
mismo equipo de fútbol.
Yo soy su amiga.

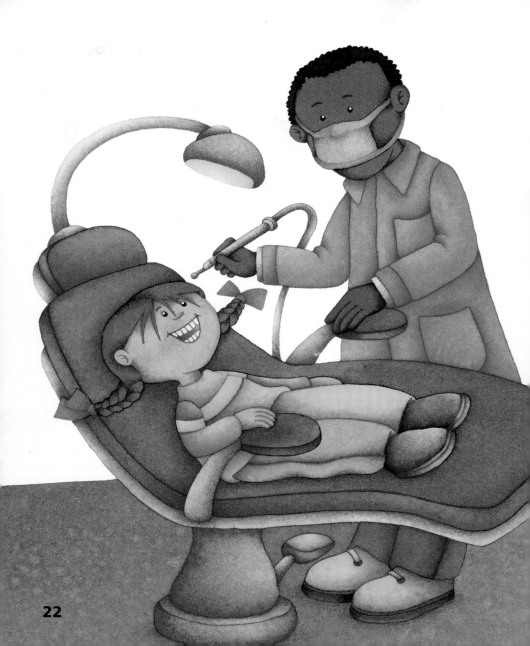

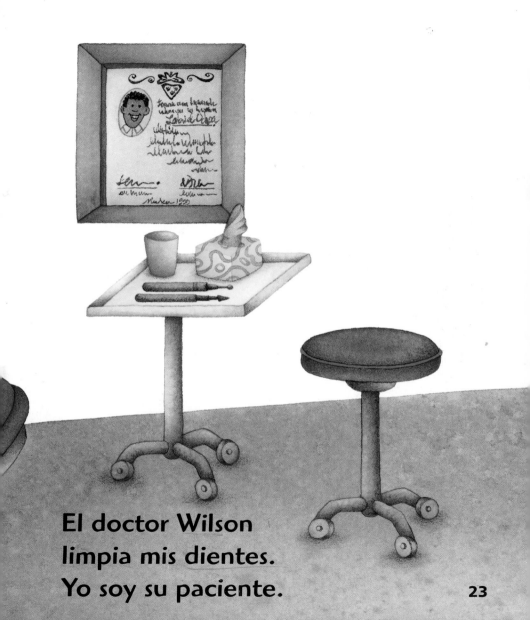

El doctor Wilson
limpia mis dientes.
Yo soy su paciente.

Cuando bailo sobre los pies de papá,

dice que yo soy su princesa.

No lo sé. ¿Cómo puede ser?

¿Cómo puede ser que tantas *yo* pueda haber?

Lista de palabras (86 palabras)

a	de	hija	mis	sobre
abuelo	dice	Jane	mismo	soy
acampar	dientes	José	nietecita	señora
al	doctor	Juana	no	su
amiga	doy	jugamos	noches	tantas
aquí	el	la	paciente	trenzas
arropa	empuja	lado	papá	vecina
bailo	en	las	pequeño	ver
biberón	enseña	le	pies	verano
Blanco	equipo	limpia	por	vive
carretilla	escuela	lo	prima	voy
casa	estoy	los	princesa	Wilson
Caty	estudiante	mamá	pueda	y
clase	fútbol	mayor	puede	yo
cómo	Guillermo	me	puedes	
con	haber	menor	que	
cuando	hace	mi	sé	
cuántas	hermana	Miguel	ser	

Sobre la autora

Barbara J. Neasi es escritora de libros infantiles y maestra suplente. Vive en Moline, Illinois, con su esposo, Randy, su perro, Tyson, y su gato, Peanut. Entre todos comparten una pequeña casa gris con un gran jardín, en donde sus tres nietos recogen flores y calabazas mientras las ardillas, los mapaches y los pájaros comen ruidosamente galletitas, semillas y maíz.

Sobre la ilustradora

Ana Ochoa nació y se crió en Ciudad de México. Desde que recuerda, siempre ha estado enamorada de los colores y la pintura. Pintaba en todos los lugares que podía, como en su cuarto y en las paredes del salón de clases. Finalmente, estudió diseño gráfico, y descubrió que para ganarse la vida podía continuar haciendo lo que más le gustaba. Ahora es una de las personas afortunadas que han hecho realidad su sueño y que trabajan para llevar felicidad a los niños.